Cuentos en el Día del Libro · 15

El Pensador · 2022 (bis)

**Premio de relato corto de la
Universidad de Las Palmas de Gran Canaria**

Alberto José Fleitas Rodríguez
Elena Proietti
Ylermi Cabrera León
Ana Laura Borges Casas

ULPGC
**Universidad de
Las Palmas de
Gran Canaria** | **Servicio de
Publicaciones y
Difusión Científica**

2025

Cuentos en el Día del Libro · 15
El Pensador · 2022 (bis)
Premio de relato corto de la Universidad de Las Palmas de Gran Canaria

PREMIO RELATO CORTO EL PENSADOR (3º. 2022. Las Palmas de Gran Canaria)

El Pensador 2022 (bis) : Premio de relato corto de la Universidad de Las Palmas de Gran Canaria / Alberto José Fleitas Rodríguez … [et al.]. -- Las Palmas de Gran Canaria : Universidad de Las Palmas de Gran Canaria, Servicio de Publicaciones y Difusión Científica, 2025

52 p. ; 22 cm. – (Cuentos en el día del libro; 15)

ISBN 978-84-9042-563-3

I. Fleitas Rodríguez, Alberto José, coaut. II. Universidad de Las Palmas de Gran Canaria, ed. III. Título IV. Serie

821.134.2-32

Thema: FBA, FYB, 2ADS

Dirección de la colección: José Miguel Álamo Mendoza

Coordinación del n.º 15: Ángeles Perera Santana y Juana Rosa Suárez Robaina

© de los textos:
Alberto José Fleitas Rodríguez
Elena Proietti
Ylermi Cabrera León
Ana Laura Borges Casas
VICERRECTORADO DE CULTURA, DEPORTE Y SOCIEDAD

© de la edición:
UNIVERSIDAD DE LAS PALMAS DE GRAN CANARIA
SERVICIO DE PUBLICACIONES Y DIFUSIÓN CIENTÍFICA

Primera edición. Las Palmas de Gran Canaria, 2025

ISBN: 978-84-9042-563-3
Depósito Legal: GC 174-2025

Maquetación y diseño:
Servicio de Publicaciones y Difusión Científica de la ULPGC

Impresión: Daute Diseño, S.L.

Impreso en España. *Printed in Spain*

Índice

Presentación

Esta edición de *El Pensador* recoge los relatos ganadores y finalistas del III Premio de relato corto convocado por la Biblioteca Universitaria y el Vicerrectorado de Cultura, Deporte y Activación Social de los Campus en el año 2022, contando con la colaboración del Servicio de Publicaciones y Difusión Científica para su edición en papel. Se trata de un certamen anual al que puede concurrir cualquier persona perteneciente a la comunidad universitaria de la ULPGC.

A la convocatoria se han presentado un total de 77 relatos, con gran variedad de temáticas, recursos literarios y estilos, reflejando la diversidad existente dentro de la comunidad universitaria.

El primer premio fue para Alberto José Fleitas Rodríguez, con el relato *El arrullo silenciado,* y el segundo para Elena Proietti con *Zapatos.* También obtuvieron tres accésits Ylermi Cabrera León, con *El bicho y el triaje,* Patricia Ojeda Pérez, con *La niña estrella*, y Ana Laura Borges Casas, con *Y comieron perdices...* A todos ellos les damos la enhorabuena.

La publicación de los relatos se realiza en esta edición en papel, en el marco de la colección Cuentos en el Día del Libro. Y también en formato digital en el repositorio SUdocument@. Con ello se quiere contribuir al estímulo de nuevos escritores, ya que en muchos casos supone la publicación de su primera obra.

La Biblioteca Universitaria se reafirma en la continuidad de este certamen entendiendo los relatos como vía de expresión de la creatividad, pero también para el conocimiento y comprensión de otras realidades y el acercamiento entre las personas que comparten nuestro entorno universitario.

"Los cuentos bonitos siempre hacen perder la noción del tiempo y, gracias a ellos, nos salvamos del agobio de lo práctico."

Carmen Martín Gaite

Alberto José Fleitas Rodríguez

El arrullo silenciado

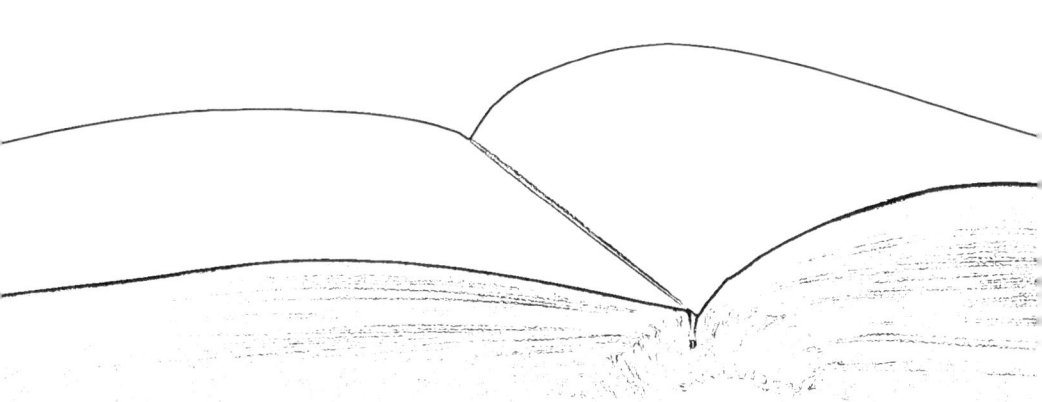

El arrullo silenciado

Perdomito lo llamaban de niño, Perdomo lo solían llamar de grande, y como Perdomito lo volvieron a bautizar ya de viejo. El peso de la edad había caído sobre su cuerpo casi del mismo modo en el que lo hizo el diminutivo con su nombre: siendo el mismo, pero pareciendo más chiquitito. Sus hombros anchos y sus brazos fibrosos, con los que otrora cargaba bloques de cemento sin tregua y manejaba el sacho con ahínco, ahora no eran más que un saquito de huesos desordenados, y así se lo decían los chiquillos de la calle cuando volvían del instituto a las dos y veinte de la tarde y lo veían abrir el fechillo de la puerta: "¡Miren, miren, ahí va el pellejo chocho de Perdomito el gago! Cuidadito no se rompa la cadera, Perdomito, que luego para pedir ayuda se le añurgan las vocales y a ver qué hacemos". Aquel tono burlesco y las risas que lo acompañaban resonaban en el sopor de la calle a esa hora como peñascos dando tumbos barranco abajo. Perdomito, el pobre, cuando le soltaban aquellas cosas, permanecía callado, con los labios apretados y el ceño fruncido, como maldiciéndolos con la mirada. Y no porque no tuviese palabras con las que mandarlos a la mismísima porra a todos ellos, sino porque estas se le enredaban en la lengua como un manojo de hilos en una aulaga. Qué le iba a hacer, nadie elige ser tartamudo, y menos aún viejo. Y así, en ese silencio autoimpuesto, Perdomito salía todos los días, pasadas las dos de la tarde, de su casucha destartalada, dando pasitos cortos.

Después de todo, era verdad lo que le decían, más valía no partirse la cadera.

***

Nadie supo exactamente cuáles fueron los asuntos tratados en el despacho del alcalde durante la larga mañana de aquel caluroso martes de mayo. Teresa, la secretaria, cuyo escritorio custodiaba el portón de madera, solo pudo escuchar carcajadas sueltas entre largos intervalos de lo que aparentaba ser una conversación en voz baja entre Don Eusebio y aquel educado caballero. El encuentro había sido concertado un mes antes, tras una corta llamada desde un número desconocido a la que el alcalde había reaccionado con nerviosismo. A los pocos días de ese primer contacto, llegó un gran sobre de cartón con lo que parecían ser una tonga de documentos. La secretaria solía abrirle las cartas a Don Eusebio para que no perdiese el tiempo leyendo escritos sobre cuestiones sin gran importancia. Informes técnicos por aquí, cartas de quejas por allá, denuncias sin tramitar por doquier y un sinfín de papeleo. Poco le faltó, el día que llegó el sobre, para pasarle el abrecartas a la solapa cerrada meticulosamente, pero esta vez era diferente, y el color rojo prohibitivo del sello que ponía CONFIDENCIAL consiguió disuadirla de abrirlo sin el permiso explícito del alcalde. Fuese lo que fuese aquello de lo que hablaban o fuese quien fuese aquel hombre, lo cierto era que nadie sabía nada, aunque importante tenía que ser para que el alcalde le dedicase toda la mañana y se leyese todo el contenido del sobre en la claridad solemne de su escritorio señorial.

Al abrirse la puerta del despacho, Don Eusebio le tendió con ahínco la mano derecha al caballero, que no dudó en estrechársela, y ambos se despidieron efusivamente diciéndose el uno al otro que seguirían en contacto. La puerta se volvió a cerrar. La larga mañana de martes llegó a su fin y la secretaria empezó a recoger sus pertenencias para ir a almorzar. El alcalde, por su parte, continuó cavilando en su despacho y no dio señales de vida hasta la siete de la tarde, cuando el conserje apagó todas las luces de las dependencias municipales. «La madre que me parió», se dijo para sí mismo al llegar al coche. Arrancó el motor y una sonrisa se dibujó en su cara.

***

Las alpargatas marrones de Perdomito ya se sabían el camino de esa hora. Tres calles a la derecha, una a la izquierda, prestando atención a la acera maltrecha, y unos pasos más hasta el banquito de piedra de la plazoleta. Miró su reloj y comprobó que las manecillas confirmaban lo que su intención le susurraba: eran las dos y treinta y cuatro. Con un leve suspiro, se dejó caer en la zona central del banco y yació en silencio bajo el agradable calor del sol, con su pellejo pálido, casi translúcido, asomando por el final de las mangas de la camisa, y sus huesos fríos, chirriantes con cada leve movimiento de las articulaciones. Poco a poco sentía cómo los rayos iban vigorizando su ser. Ya a esa edad, el cuerpo tiene un frío glacial metido en el cuerpo y, como con los lagartos, solo el sol puede extirparlo de lo más profundo de las entrañas al menos hasta el día siguiente. Ante aquella placentera sensación de fuerza recobrada, y como culminación gloriosa al proceso que había sido el llegar hasta allí un día más, Perdomito cerró los ojos deslizando suavemente los párpados, de tal manera que dejó una ínfima apertura, a través de la cual se filtraba un apacible tono rojo. Las calles, la plaza, las carreteras, el aire, todo parecía estar desierto a esa hora, ni un alma resollaba en el letargo apaciguado del silencio, que fluía sin impedimentos a través de los minutos.

No obstante, el goce de Perdomito no era fortuito. Más bien al contrario, todo estaba calculado al milímetro. Dentro de media hora, el cuerpo ya se habría calentado y la sombra empezaría a avanzar poco a poco, llegando a la zona central del banco donde reposaba su cuerpo. Y así fue. El paulatino languidecer del sol ante la sombra del ficus fue acompañado por un suave arrullo de tórtolas que, escondidas en la copa, repetían el mismo ritmo espasmódico una y otra vez, invadiendo por momentos el taciturno vacío del entorno. Perdomito las conocía desde hacía tiempo, o bueno, al menos eso creía, porque nunca se dejaban ver, pero los arrullos que sonaban eran siempre los mismos, como si procediesen de las profundidades del mismísimo árbol y no de las propias tórtolas. Una de las cosas que eclipsaba a Perdomito era el ritmo, aquel compás de un-dos, silencio, un-dos, silencio, un-dos, silencio. Y no era que le resultase algo bello, sino que más bien le daba envidia. Envidia porque las tortolitas, al zoco de las miradas ajenas, podían pasarse toda la tarde improvisando arrullos con aquella armonía casi matemática y él, con toda una vida de penurias a sus espaldas, todavía no había sido capaz de armar tres palabras sin que se le anudasen en la punta de la lengua con un tartamudeo de acordeón estropeado.

Una vez dieron las cuatro, Perdomito inició el camino de vuelta con pasitos cortos, sin levantar las rodillas, recorriendo el mismo camino de ida y siguiendo las mismas pautas. Al llegar a su casucha, de la que caían cachos de pintura desconchabados sobre la acera desde hacía tiempo, se extrañó al ver la esquina de un sobre canelo asomando tímidamente por la boca del buzón. Cuando estuvo delante del mismo, sacó su llavero cargado de llaves, algunas de las cuales servían más de adorno que para abrir cosas, y buscó la más pequeñita que andaba medio doblada entre el agarre y la pluma. Sacó la carta del buzón y le extrañó ver la etiqueta URGENTE, pero no tardó en recordar todos aquellos papeluchos de mierda que le enviaban y que no servían más que para gastar papel. Con la misma era otra puñetera factura de la luz, así que, con tal de no tener que llevarse el susto en la calle, y más que hecho ya a la parsimonia de la vejez y a la paciencia de aquel que no va a ningún lado, agarró la carta sin más y entró en casa con toda la naturalidad del mundo.

La humedad, nada más cruzar el portal, volvió a golpearle sin piedad alguna. Preocupado más por el retorno del frío que por la carta, colocó el sobre encima de la mesita de la entrada, cubierta por una gruesa capa de polvo, y fue directamente a la cocina. Sacó la cafetera de latón, la desenroscó, echó un poquito de agua hasta el tornillo, vigilando que no se le fuese la mano, y cargó el filtro con tres cucharadas de café barato. Luego la apretó, le dio un buen chispazo al fogón chiquitillo y allí la dejó mientras preparaba una taza con azúcar y canela. La tarde se perfilaba normal, sin más preocupaciones que las de uno mismo, como todas las de los últimos quince años.

***

Eran las nueve de la mañana y el leve frescor de las noches de mayo ya se disipaba entre los rayos matutinos.

—Milagro no ha llegado todavía el Perdomo Santana, por la cuenta que le trae más le vale que no se retrase mucho, estas cuestiones son de vital importancia para nuestro municipio —masculló Don

Eusebio cerca del escritorio de Teresa.

—Ya sabe, Don Eusebio, a veces las cosas no son tan sencillas.

—¿Y eso ahora? Cuando la ley pública se aplica rigurosamente, las complicaciones no tienen cabida.

—Sí, pero con este señor es diferente, sus motivos tendrá para no estar a primera hora, el pobre. —Ante una obligación de audiencia ante el alcalde pocas son las excusas que valen, Teresa, y más en cuestiones como esta, que requieren toda nuestra atención.

—Don Eusebio, el tal Perdomo Santana ese, ¿qué información tiene usted de él? Así, entre usted y yo, que ya sabe que lo que se dice en este metro cuadrado muere aquí mismo.

—No mucho, la verdad, lleva toda la vida en el mismo sitio, en la calle Lapislázuli 18. Tampoco necesito saber nada, al fin y al cabo, cuando dos hombres se hablan, dos bocas son más que suficiente. —No, si ya… Pero verá, don Eusebio, resulta que el otro día por la mañana, después de dejar la notificación lista para el envío, me encontré con Marta, de servicios sociales, que se lo sabe todo, y le pregunté por el tal Perdomo Santana. Por lo visto el pobre viejo es conocido del barrio de toda la vida porque fue de esos chiquillos expósitos de la capital. Me dijo también que en los servicios sociales han intentado echarle una mano porque vive solo y se ve que la casa se le cae a cachos y que el viejo no anda muy bien de salud, pero no hay quien lo meta a viaje, ni escucha ni se deja escuchar.

—Bueno, bueno, como usted dice, sus motivos tendrá. Mire, no voy a quedarme esperando como un pasmarote por aquí. Voy a revisar un par de documentos que tengo acumulados desde ayer. Si llega el Perdomo Santana, dígale que toque y entre.

El alcalde tuvo tiempo de leer, firmar y sellar todos y cada uno de los documentos, y el tan esperado

Perdomo Santana, ajeno a todo aquello, no apareció por el ayuntamiento en todo el día. A última hora, Don Eusebio salió del despacho.

—Teresa, dele un toque ya mismo a Marta y dígale que necesitamos el número de teléfono de Perdomo Santana urgentemente. A ver si conseguimos atajar esto de una vez, no podemos dejar que el tiempo se nos eche encima, que aquí cada hora cuenta.

Teresa apuntó el número que Marta le indicó de mala gana y se lo entregó al Don Eusebio. «Mañana llamo a primera hora», anunció en un tono solemne.

Perdomito andaba terminando de lavar la taza, la cafetera y la cuchara pequeña cuando sonó el teléfono. Pero como su cabecita sólo le daba para hacer una cosa al mismo tiempo, siguió fregando. Eran las nueve de la mañana y tampoco había prisa, que el día era largo.

Al poco rato, ya con las manos secas, volvió a sonar el teléfono y no tuvo ninguna excusa para no cogerlo.

—Di...di...di...

—Hola, buenas tardes, ¿es usted don Perdomo Santana?

—S...s...s...sí

—Verá, don Perdomo, soy Eusebio Martínez Arévalo, el alcalde. Le llamo porque debo tratar un asunto municipal de suma importancia con usted. De hecho, debería haber recibido una notificación urgente por correo postal hace dos días. Me encargué personalmente de que se la dejaran en su buzón. ¿Ha tenido tiempo de leerla tranquilamente?

—N...n...n...no

—Parece que hay problemas con la línea. En fin, aprovecho que lo tengo al teléfono para exponerle la situación al detalle y poder dialogar con usted para encontrar un acuerdo.

—P...p...per...

—No se preocupe, deje que le explique todo y ya luego podrá usted decirme lo que piensa al respecto. Como bien sabrá, el municipio está actualmente atravesando una situación difícil. Siempre hemos tenido en alta estima nuestro pasado como agricultores y artesanos, y es algo de lo que debemos sentirnos orgullosos, pero los tiempos cambian y tenemos la obligación para con las futuras generaciones de adaptarnos a ellos. Mi deber como alcalde es velar en todo momento por el correcto funcionamiento de los servicios y garantizar el bienestar de los vecinos que con su voto me han transmitido toda su confianza y sin los cuales este municipio no tendría alma, vida, futuro. Es por esto mismo por lo que, debido al periodo de coyuntura que atravesamos actualmente, tenemos que buscar alternativas a los modelos de municipio tradicionales y dar una imagen de moderni...

—P...p...per...

—Un segundo, que ya llego a la parte importante. Como le decía, tenemos que afrontar estos nuevos desafíos abrazando una imagen de modernidad en armonía con nuestro pasado. Por esto mismo, para generar un impacto económico de gran calibre en nuestra tierra, es necesario iniciar proyectos ambiciosos, valientes y justos para todo el mundo. En este sentido, gracias a mi equipo de gobierno y a una movilización personal que nace de mi compromiso para con el ciudadano, hemos obtenido una interesantísima propuesta de financiación para construir una piscina descubierta con solárium y terraza, que traerá turistas, generará empleo, hará entrar a nuestro municipio en la vanguardia y nos colocará como un enclave incomparable en la escena turística local.

Perdomito permaneció en silencio.

—El problema es que hemos hecho algunos estudios de viabilidad y hemos identificado algunos ejes de acción que requieren un trabajo conjunto con usted, don Perdomo. Verá, los terrenos que se encuentran al lado de su casa, que, como bien sabe, están abandonados por la mano de Dios y secos como ellos solos, son el lugar ideal para llevar a cabo este proyecto. No obstante, su vivienda se encuentra en una parcela que nos plantearía una serie de inconvenient...

De repente, Don Eusebio escuchó un pitido. «Joder», dijo conteniendo el grito.

Perdomito permaneció inmóvil, con la mirada fija en las manchas de la piel de su puño y en las finas venas violáceas que lo atravesaban hasta llegar a los dedos. Su mano seguía apoyada en el teléfono recién colgado. Con un impulso fugaz, dando pasitos cortos, pero precipitados, fue a la mesita de la entrada y cogió el sobre entre las manos. No le resultó fácil abrirlo, pues sus dedos estaban engarrotados de los nervios, pero consiguió sacar con más pena que gloria el contenido. Poco a poco, fue descifrando el texto, hasta llegar a la parte crucial: el alcalde estaba dispuesto a comprarle la casa, a buscarle otro domicilio cercano e incluso a ofrecerle una bonificación económica personalizada por contribuir en la puesta en marcha del proyecto. Como el polvo de la mesita, sus pensamientos se quedaron estancados.

Mientras tanto, en el despacho, el alcalde miraba el cielo a través del ventanal. «El viejo de mierda ese me va a echar abajo el maldito negocio. Joder, con lo bien que pintaba el asunto», pensaba Don Eusebio, perdido en el laberinto de sus confabulaciones, varado en las bifurcaciones de la moral, atado, al fin y al cabo, en las profundas marañas de la manipulación. «Qué carajo, cuando dos hombres se hablan, dos bocas son más que suficiente», y con esa máxima antediluviana, grabada a fuego por el ardiente recuerdo de su padre, Don Eusebio se dispuso a coger el coche e ir a ver a aquel viejo malamañado.

Eran las dos menos cuarto. Perdomito había sido incapaz de prepararse algo que comer. Tan solo había bebido café. El frío de su cuerpo rezumaba ahora un sudor pegajoso, casi enfermizo, y notaba que la camisa empapada se le pegaba a la axila. Con movimientos seniles, levantó sus bracitos, finitos y huesudos como las patas de un flamenco triste, y se cambió la camisa. Necesitaba respirar, necesitaba deshacerse de aquella angustia que se había apoderado de su existencia de manera cruel y despiadada. Aunque fuese algo temprano, necesitaba ir al banco de la plazoleta. Cogió las llaves, se se abrochó el último botón del cuello de la camisa y abrió la puerta. Poco a poco, las cosas iban retomando su ritmo.

A las dos y cuarto, el coche de Don Eusebio apareció por la calle Lapislázuli. En su interior había una carpeta negra llena de documentos que se salían por los bordes, como si hubieran sido metidos a las prisas. Se bajó del vehículo y tocó varias veces a la puerta, sin que hubiese respuesta. Tanto el fechillo como la cerradura estaban cerrados a cal y canto. Doblando la esquina apareció un grupo de adolescentes con mochila. Don Eusebio les preguntó si sabían si Perdomo Santana solía estar en su casa a esa hora.

—¿Perdomito el gago dice? Pues no debe de andar muy lejos, con lo chocho que está ya, los pies no le dan para mucho. A esta hora creo que se va a la plazoletilla esa que está par de calles más arriba, la del ficus.

Don Eusebio sabía perfectamente dónde se encontraba el sitio, pues había estudiado con esmero los planos urbanísticos de aquella zona. Asió el maletín e inició la marcha a toda prisa.

Perdomito había conseguido recobrar la calma. A pesar de que el sol todavía no estaba incidiendo en la posición del banco que a él le gustaba, el cuerpo le había agradecido el haber ido al remanso de la plazoleta. Las tórtolas arrullaban en la frondosidad del ficus y el sopor de la tarde comenzaba a imponerse cuando percibió un traqueteo acelerado de zapatos en la acera. Don Eusebio había llegado. Con una sonrisa, se dirigió a Perdomito.

—Buenas tardes, Don Perdomo. Me alegra verlo en persona, verá, creo que lo sucedido antes por teléfono se trata solamente de un pequeño malen...

Y de repente, en un arrebato del corazón y en un desliz de la memoria, Perdomito recordó las lágrimas de su huérfana infancia, el desamparo del trabajo sucio en su juventud, la angustia reprimida del desamor perpetuo, los mecanismos perversos, en definitiva, de una vida dictaminada por los designios de la soledad y los infortunios de la miseria, y en ese arrebato descontrolado juntó, por primera vez, todas las puñeteras letras que se le habían enredado a lo largo de su vida, y con una voz que calló al alcalde y silenció a las tórtolas, sentenció: «la vida no pudo decirme dónde carajo nací, pero el tiempo me ha dado la certeza de saber dónde coño me quedaré ».

Elena Proietti

Zapatos

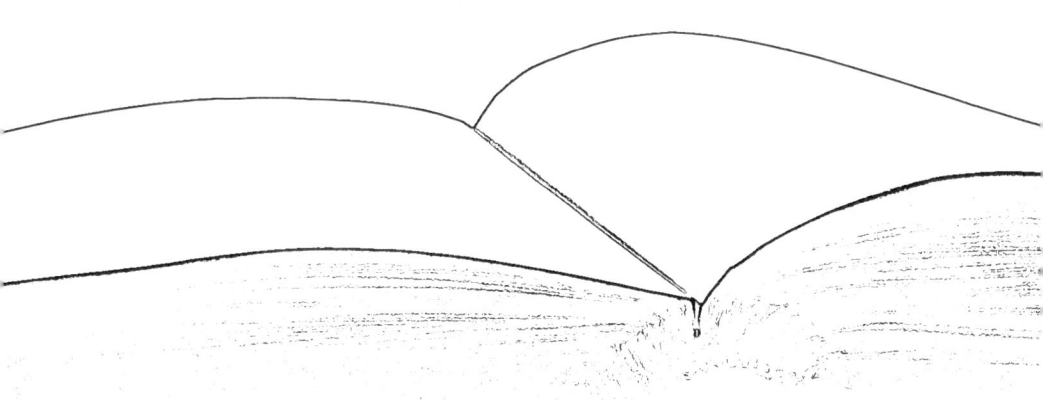

Zapatos

Son ellos. Sí, los reconozco. Los vi mucho en estas temporadas.

A veces los ponen directamente en mi cara.

Tienen dos colores diferentes, pero la gente prefiere el negro. Me gustan de color morado, pero están de moda los negros. Durante algunos meses, han vendido una especie de variación, con rayas laterales de leopardo.

Zapatos. Cientos de zapatos. Miles de zapatos.

Pasan delante de mí como un enjambre de mosquitos, como una cascada brasileña.

Y calcetines. Disfruto mucho cuando veo los calcetines de las personas.

Me divierto más, sin embargo, cuando no tienen los calcetines. Y se forman ampollas extrañas cerca del tobillo. Y la gente finge caminar en línea recta pero lo veo, sí, veo cómo les duelen los pies.

Y cuanto más les duela, más sonidos raros de cuero y sudor harán sus zapatos.

Pies que te ponen en la cara o en la cabeza, a veces, especialmente los niños, los que vienen a jugar. Y yo los dejo jugar, no me rebelo: me gusta mi vida. Aunque así. Con los pies de los niños en la cara. Y me gustan los besos: besos de jóvenes amantes, que no tienen miedo de amarse entre la gente. Especialmente ahora, donde un beso es tan temido como un disparo.

Y me gustan especialmente los primeros besos. Cuando los dos se acercan tímidamente y se besan lentamente. Y los zapatos de ella comienzan a hacer círculos en el suelo. Y los zapatos de él comienzan a temblar.

Pero también me gustan las peleas, las tormentosas. Cuando él le grita que ya no la ama y ella le arroja un zapato. Y luego se miran, se ríen y comienzan a amarse de nuevo. Así entendí que, a veces, las personas aman lo que ya no tienen. Y que es así que dura una historia de amor.

Y me gustan las canciones. Los domingos siempre hay un grupo de viejos que cantan canciones canarias. Y se ríen, beben y cantan. Y detienen a las chicas jóvenes en la calle, preguntándoles si quieren cantar. Y no es malicia, no es algo malo: es solo el deseo de un poco de frescura. De juventud, de belleza. Porque las personas mayores aman la belleza, incluso solo para contemplarla.

Y me gusta cuando algún intrépido bailarín improvisa en medio de la gente, y los demás zapatos se detienen a observar sus pasos, mientras la música resuena frente a los palacios. Y los vecinos se quejan, porque odian todo ese ruido, y empiezan a tirar huevos y agua por las ventanas.

Y me encantan los golpes. Los golpes que hacen rodar los rostros de las personas. Y, desde el suelo, sus ojos me miran desconcertados y me encuentran allí, curvo, para limpiar mi pez habitual, un pez que ahora también es mi amigo porque nos hacemos compañía aquí abajo, agachados en el Paseo de Las Canteras. En una posición un poco incómoda, sí, es cierto, encorvado sobre un pez, incapaz de levantar la cara. Pero al final solo soy una estatua, no siento ningún dolor.

Me llaman el Pescador, y me colocaron en la calle Olof Palme, justo frente al mar. Y sí, me gusta mi vida. Me gusta ver todos estos zapatos pasar todos los días. Me gusta escuchar la música de las personas. Me gusta curiosear en los amores de los demás. Me gusta disfrutar de la risa de los buenos tiempos.

Pero hay una cosa que me hace sufrir un poco.

A veces siento una pequeña aguja que se pega en medio de los omóplatos, justo donde debería tener el corazón.

Me llaman el Pescador, pero nunca he visto el mar.

Nunca.

Ni siquiera el día que me inauguraron. Estaba dentro de una tela oscura, y luego la tela fue retirada.

Y ha habido días en que realmente me desesperaba.

Porque había demasiados zapatos que venían y llevaban consigo la arena blanca y el olor de la sal. Había demasiados niños que gritaban «¡qué olas!» y luego se escapaban, riendo. Había demasiadas parejas enamoradas que regresaban de la playa mojadas.

Pero me gusta, me gusta mucho mi vida. Realmente me gusta mucho.

Porque de noche, cuando la gente duerme y no hay parejas, ancianos, bailarines o niños y, sobre todo, zapatos, estoy solo en este Paseo. Y luego, después de que se hayan apagado todas las luces de las casas, el Mar comienza a hablar. Y habla solo conmigo. Y me cuenta sobre mundos desconocidos que permanecen ocultos bajo el agua. Y me deja escuchar las canciones de las sirenas y de los tritones. Y me dice que el mundo es un lugar pequeño hecho de mucha, mucha y mucha agua. Pero un puñado de zapatos decidió llamarlo «Tierra».

Y me cuenta que es el mismo grupo de zapatos que, cuando se hizo más numeroso, inventó la guerra, la tortura y las armas nucleares; esclavizó a los zapatos de diferentes colores e intentó exterminar a poblaciones enteras; caza y mata con sufrimiento a maravillosas criaturas que nadan en su vientre y que ahora casi han desaparecido; inunda ecosistemas enteros cuando se equivoca, y el petróleo se pega al agua y a toda la vida que muere en ella; quema sustancias que contaminan el aire y calientan el Planeta, jurando parar, mientras los glaciares se derriten y las especies mueren; arroja al mar objetos que aprisionan a las especies marinas, provocando su muerte por penuria; cultiva seres vivos dentro de jaulas de metal, porque no quiere enfrentarse a la realidad.

Los animales mueren y los que están en jaulas enferman.

Las verduras se están muriendo y las cultivadas están enfermas.

La comida de esta especie está podrida. Como el agua y el aire.

El equilibrio del Planeta está cambiando.

Hay muchos zapatos que hablan de estos temas en los restaurantes del Paseo de Las Canteras.

Algunos dicen que hay tiempo hasta 2050 d.C. para dar un cambio, entonces será demasiado tarde.

Pero cuando le hablo al Mar de estas cosas, se ríe.

«Falta menos. Mucho menos. Sabes, hace mucho tiempo yo también me enfadaba sobre estos asuntos. Y cuando no podía controlarme, lanzaba tsunamis enteros a la Tierra de los Zapatos. Pero entonces descubrí que la ira es una emoción negativa, que genera "olas" de baja frecuencia que se registran como señales de lo que *quiero*. Y así, si me enfado, atraigo otra experiencia que me hace enfadar. No elegí yo la reglas, así es como funciona a nivel cuántico».

Y se ríe.

«Y entonces decidí que ya no me enfado. También porque, para ser sinceros, queda muy poco tiempo y lo saben. Y cuanto más lo pospongan, más corto será el tiempo. Y llegará un día en que todos esos zapatos acabarán en mi agua, con sus ciudades, sus coches y todos sus instrumentos de tortura. ¡Todos ellos bajo el agua! Todos hirviendo juntos...»

Y se ríe.

Y yo también me río. Porque no puedo esperar a conocer a mi amigo el Mar. Mirar sus profundidades, de las que tanto me ha hablado. Y algún angelote pasando por ahí, oliendo la arena. O esas algas de colores que son movidas por la marea, que parece el viento. Y alguna sirena, de esas traviesas, que roba las aletas de las tablas de los surfistas, que creen que son solo roca.

Pero sobre todo, para ver por fin su color y escuchar su silencio en la profundidad de su abrazo.

Y a veces, cuando la luz de la luna ilumina el camino, la voz del Mar se hace más fuerte y me cuenta de sus tormentas más famosas, las que han hundido más de mil barcos. O de hombres y mujeres extraordinarios que tenían un calzado especial para nadar en su agua y dedicar sus vidas a proteger la naturaleza.

Y así me relajo y me siento muy afortunado: el más afortunado de todos, en este Paseo.

Más afortunados que los zapatos negros y morados, que los niños que ríen, que los amantes que besan, que los viejos que tocan las guitarras y los jóvenes que se pegan. Mucho más afortunado que todos los bailarines del mundo. Porque de noche, cuando las luces de las casas están apagadas, cuando los zapatos duermen y los amantes se abrazan cansados, el Mar comienza a hablar.

Y habla solo conmigo, habla solo por mí: la antigua estatua del Pescador en la Calle Olof Palme.

Ylermi Cabrera León

El bicho y el triaje

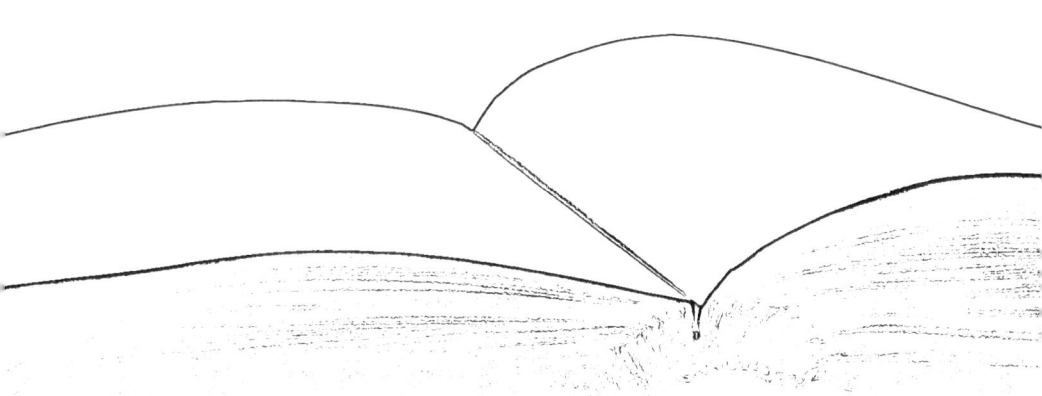

El bicho y el triaje

[Basado en hechos reales. Los diálogos y situaciones en las que el personal sanitario participa, especialmente el número y cargos de éstos, pueden no corresponderse con lo ocurrido por no haber estado presente la persona autora del relato, aunque las decisiones finales sí fueron conocidas].

Ya la cabeza no la tengo como antaño. Es curioso cómo se me olvidan las cosas recientes mientras que recuerdo las de hace mucho. Recuerdo haber sido dueña y trabajado en una tienda de las de "aceite y vinagre" y en el molino de gofio que estaba en la parte de atrás. En cambio, desde hace unos meses, no recuerdo el nombre de mi hija, y siempre termino llamándola como a las hijas de mi hermano. O simplemente la llamo "niña", como a la cuidadora, que tiene un nombre extranjero que no me termino de aprender. Me dicen que mi marido murió hace dos años, aunque yo no recuerdo que haya ocurrido y sigo preguntando por él y diciéndole a la niña que le sirva la comida y que mire si está bien. Es que en alguna ocasión él se ha caído de la silla de ruedas o de la banqueta para ducha y una siempre está preocupada por si le pasó algo. Por otro lado, con frecuencia confundo la casa donde vivo, un piso, con la anterior donde vivía, una casa con dos plantas. Incluso me refiero a mi dormitorio como "la casa de arriba" y a la cocina como "la casa de abajo" porque en esas plantas estaban.

El cuerpo tampoco está como antes. Ahora soy yo la que voy en la silla de ruedas de mi marido dentro de mi casa. Antes salía con el andador e iba caminando acompañada durante casi una hora. Sin embargo, desde antes del confinamiento no salgo de casa, a no ser que sea para ir a médicos, por mis problemas de corazón y la falta de aire que suelo sentir. Más recientemente el otro motivo es para no "coger el bicho" nuevo. La verdad es que no sé a qué se refiere mi familia con eso del "bicho", si de siempre los bichos los matamos con un zapato o FLIT en casa, y con DDT en los terrenos.

"¡Esta juventud! ¡Se ahoga en un vaso de agua!", suelo decir.

Por otro lado, gracias al fisioterapeuta que viene cada semana a mi casa, he recuperado parte de la fuerza perdida en las piernas y ya puedo ir con el andador y ayudada por otra persona por el largo pasillo de mi casa, aunque únicamente una o dos veces al día porque me canso. Aun así, el hecho de que necesite silla de ruedas la mayor parte del tiempo lo complica todo, sobre todo cuando la entrada al edificio donde vivo no está adaptada, y solamente el coche de mi hermano, un todoterreno, es lo suficientemente grande para poner la silla de ruedas plegada o el andador.

Mi salud iba empeorando con el paso del tiempo y empeoró más rápidamente unos meses después. "¡Niña, me caigo, me caigo!" grito algo angustiada segundos antes de caerme hacia atrás, como "a cámara lenta" según me dijeron mi hermano e hija que estaban presentes en ese momento. Con ésta ya son dos las veces que me desmayo y me caigo, sin tropezarme ni resbalarme, en los últimos meses. Esta vez el golpe en la parte de atrás de mi cabeza no es tan doloroso gracias al casco de ciclista que llevo puesto. Me lo recomendó y prestó el novio de mi hija tras la primera caída.

Preocupados por estas dos caídas, tan pronto conseguimos cita acudimos al médico. Tras meses de pruebas y derivaciones a varios especialistas, concluyen que puede que sea un problema con el marcapasos. "En las imágenes parece que alguna de las derivaciones del marcapasos se ha ido desplazando y ya no está correctamente posicionada. Requerirá una operación, más sencilla que la anterior, Señora Reyes, en la que aprovecharemos para sustituir la batería del marcapasos. Ya han trascurrido algo más de 8 años desde que se lo implantamos" nos dice el cardiólogo. ¡Qué rápido pasa el tiempo! Me recuerda mi hija, porque yo ya no me acuerdo, que el motivo por el que me pusieron el marcapasos esa vez fue durante la primera comunión de una de las nietas de mi hermano. Tuvieron que llamar a la ambulancia porque, mientras estaba sentada en la celebración, me desmayé sobre la comida. ¡Menuda "fiesta" les di!

El día de la operación mi hija y yo nos sentimos nerviosas. "Una persona de mi edad ya no está para estos trotes", me gusta decir a la gente que me viene a ver a casa. Como ese día y a esa hora mi hermano estaba ocupado, pedimos un taxi habilitado para ir al hospital. Cuando vas en uno parece que estás sentada en un trono. Nos confundimos de entrada en el hospital y estuvimos un buen rato buscando el lugar correcto. Antes de que me metan en quirófano, le recuerdo a la niña que mire si mi marido almorzó bien, que le obligue a tomarse las pastillas y que le encienda la máquina del oxígeno tras el almuerzo. Parece confundida tras decírselo.

"La operación del cambio de batería y recolocación del marcapasos ha sido todo un éxito, Señora Reyes. En unas pocas horas podrá volver a casa" nos dice el médico. Añade: "Sería recomendable mantenerse hidratada y comer ligero las próximas 24-48 horas. Como antes le dije a su hija, durante ese período, no deberá Usted tomarse algunos de sus medicamentos para facilitar el postoperatorio y la cicatrización". Tras darme el alta, mi hija llama al mismo taxi adaptado para silla de ruedas que usamos para ir al hospital y llegamos pronto a casa.

Me he sentido cansada desde que anteayer fue la operación. La edad, supongo. Incluso mientras rezaba la misa que escucho por la radio me sentía así. Me llevan a la cama para acostarme antes, tras una cena más ligera de lo normal. Espero sentirme mejor por la mañana.

"¡Me siento mal, niña!" llamo a mi hija. Tras repetirlo varias veces ella termina viniendo y me dice que me acueste, que ya son las 10:45 y que no grite para no despertar a los vecinos. Según le dijo el médico a mi hija hace meses, parece que la pastilla de dormir ya no me hace efecto porque mi cuerpo se habituó, aunque aún no me han prescrito otra. Por ello, no es la primera vez en los últimos meses que despierto a esas horas a mi hija, a la cuidadora y, cuando se queda en casa algunas pocas veces, al novio de mi hija. A algunos vecinos también, según parece, porque se quejaron en la última reunión de la Comunidad. Desde esas fechas la cara de mi hija parece cansada, son muchas noches en las que la despierto y le cuesta volver a coger el sueño, pese a que ella también se toma otra pastilla de dormir.

"¡Ayuda, ayúdenme, no me siento bien!" grito de nuevo ya pasada las 2:30 de la madrugada. Aunque de mi boca no salen más que unos sonidos angustiosos, porque ya no puedo vocalizar correctamente. Desde ese momento me cuesta abrir los ojos, por lo que suelo tenerlos cerrados la mayoría del tiempo, y un lado de mi cuerpo no puedo moverlo a voluntad. Vuelvo a despertar a la casa. Mi hija se levanta y va hasta mi cama articulada, seguida de la cuidadora. Me preguntan y yo repito lo mismo repetidas veces, aunque siguen sin entenderme. Cuando llegan los médicos del 112 me estabilizan, me bajan en la silla de ruedas en el ascensor, me pasan a la amilla y en ambulancia me llevan al hospital apresuradamente. Pasan varios días en los que me tratan diferentes sanitarios. Escucho decir "ictus", una palabra que me da miedo porque una prima se murió hace tiempo tras sufrir los daños durante varios años, sin llegar a recuperar completamente el habla ni la movilidad. Durante ese tiempo en el hospital no sé nada de mi familia porque no les dejan pasar, supongo que por "el bicho". Intento pasar algún mensaje para mi familia a los médicos, pero tampoco me entienden lo que digo.

No sé cuánto tiempo después escucho a un médico entrar en la habitación. Médico jefe con casi total seguridad. Su voz grave, de mediana edad y algo autoritaria lo delata. Viene acompañado de otras personas, no puedo precisar cuántas ni qué son. Diría que son de dos a cuatro, probablemente otros médicos, estudiantes de medicina o enfermeros. Parecen estresados y cansados, seguramente sobrepasados por la carga de trabajo de las últimas semanas, quizás meses. Parte de sus compañeros no han podido ir a trabajar por estar confinados durante ese período. Alguna de las plantas del hospital lleva cerrada desde hace meses. Camas con pacientes abundan en los pasillos.

Una de ellos empieza a hablar al llegar a los pies de la cama de hospital donde estoy, usando palabras que no entiendo: "Mujer, 85 años, prediabética. Síntomas de Deterioro Cognitivo Leve reportados por familiares y confirmados por varias pruebas neuropsicológicas durante visitas consecutivas. Presenta dificultades para caminar. Infecciones de orina frecuentes, tratadas con antibióticos. Problemas cardiorrespiratorios en la última década. Insuficiencia cardiaca agravada en los últimos 2 años. La paciente ha sido operada recientemente para la sustitución de la batería de su marcapasos y recolocación de las derivaciones. Dos días después de la operación fue llevada en ambulancia al hospital con un cuadro clínico grave, donde fue diagnosticada con un ictus". Otra de las personas continúa explicando los medicamentos y procedimientos médicos a los que fui sometida durante el traslado en ambulancia, tras mi llegada al hospital y hasta ese instante: una larga lista de términos médicos complejos que soy incapaz siquiera de entender y, menos aún, de deletrear.

Tras una pausa, prosigue una mujer con otra serie de procedimientos que deberían ser llevados a cabo. Durante un tiempo el resto de los reunidos propone cambios y discuten entre ellos. Escucho al médico jefe, pensativo hasta ese momento, decir: "¿Cuál es el porcentaje de ocupación de urgencias actualmente en este hospital? ¿Y de presión hospitalaria?". Escucho a una mujer joven decirle muy bajito ambas cifras tras hojearlo. Mientras niega con la cabeza, el médico jefe dice "Demasiado altos, tenemos demasiados pacientes, e irá a peor en las próximas semanas". Asienten, cansados como están, todo el grupo allí reunido lo sabe bien. "Ya aquí no podemos hacer nada más por la paciente. Sus capacidades cognitivas ya estaban bastante mermadas incluso antes de sufrir los graves daños causados por el ictus. Solicitaremos el traslado de la paciente a un centro hospitalario concertado. Esperemos que logre recuperarse en la Unidad de neurorrehabilitación de dicho centro". Dirigiéndose a otra persona y mientras los oigo salir de la habitación dice: "Informe a los familiares de la paciente y tramite el traslado a la mayor brevedad posible. Continuemos con el siguiente paciente".

El traslado entre el hospital y el centro hospitalario concertado fue en ambulancia, aunque en este viaje ni iba tan deprisa ni sonó la sirena ni una sola vez como en el viaje anterior. Como ya no consigo mover un lado del cuerpo, tampoco puedo tragar, por lo que me colocan una sonda y el suero con el que alimentarme e hidratarme. El oxígeno me lo ponen por la nariz y, según escuché, las medicinas también me las administran, pero no sé cómo. Varias semanas pasan con la misma rutina: aseo, visitas de mi hermano e hija, seguidas de ejercicios de rehabilitación y pruebas médicas diferentes. Como paso la mayoría del tiempo con los ojos cerrados, me quedo dormitada fácil y frecuentemente, y se me pasa el tiempo volando.

***

Algunos médicos del centro hospitalario concertado se reunieron para discutir el pronóstico de

varios de sus pacientes. Al contrario que en las anteriores reuniones similares, en ésta no serían tantos.

"Pasemos a tratar sobre la Señora Reyes, de la habitación 309. Entró tras sufrir un ictus y ser trasladada desde el hospital. Lleva en este centro varias semanas, donde ha sido objeto de estudio. Cabe recordar que, como la paciente aparentemente no es capaz de comunicarse ni de forma oral ni por escrito, la Unidad de demencia no ha podido confirmar los resultados de los tests neuropsicológicos que el historial afirma que se le han practicado y que indicaban un estado previo a la demencia. La paciente lleva realizadas varias sesiones de rehabilitación física, tanto de los miembros superiores como de los inferiores. Dado que la paciente está en cama no se pudieron utilizar las máquinas para rehabilitación de la Sala de Rehabilitación y Fisioterapia. Por otra parte, las sesiones de neurorrehabilitación se limitaron también a actividades básicas que pudieran llevarse a cabo desde la cama. Ante la imposibilidad de realizar las actividades de rehabilitación de los otros tipos mencionados, se intensificaron las sesiones de rehabilitación física" resume un médico.

"De acuerdo a los informes sobre dicha paciente que me han entregado o enviado, podemos concluir que la mejoría de las funciones motoras es reducida: se mantiene la inmovilidad de un lateral del cuerpo mientras que las del lado contrario han mejorado hasta niveles previos al ictus. En cambio, son nulas las mejoras debidas a la neurorrehabilitación o a la estimulación cognitiva, principalmente por imposibilidad parcial o total de su administración. Por todo ello, tenemos dos opciones, de las que informaremos a sus familiares: o bien seguimos con la combinación de actividades actual, aunque también intensificando a partir de ahora las que no obtuvieron buenos resultados, o bien pasamos a la eutanasia directa junto con medicina paliativa. En este último caso, la familia deberá decidir si se tratará de una eutanasia directa activa o pasiva." comenta la jefa médica. "Mañana informaremos a la familia de la paciente y serán ellos quienes deberán tomar la decisión final" zanjó la jefa médica antes de proseguir discutiendo sobre el siguiente paciente con los restantes facultativos.

"Señor Reyes, nos reunimos hoy con Usted para informarle de la situación actual de su hermana. Como sabrá, el ictus produjo daños cerebrales graves y ni la neurorrehabilitación ni la rehabilitación física han surtido el efecto esperado: ninguna mejoría se ha producido desde el ingreso. Es por ello que, por decisión de la hija y como hermano de la paciente, recaerá en Usted la toma de la decisión sobre cómo proseguirá el tratamiento: si continuaremos con la rehabilitación o si, por el contrario, desistimos y ponemos en marcha el protocolo de eutanasia pasiva y cuidados paliativos. Dado que la Señora Reyes es una devota católica practicante, pienso que ella hubiera descartado la aplicación de la eutanasia activa pese a su reciente legalidad actual, aunque es Usted quien debe decidir si esa opción también se tiene en cuenta". Tras otro médico explicarle algo más las características y diferencias entre ambos tipos de eutanasia, mi hermano les contesta: "Sigan intentándolo, al menos una semana más. Si hace falta pagarlo, no es problema, yo me encargo. Si la rehabilitación sigue sin funcionar, haremos... lo otro. Eutanasia activa no, por supuesto. ¿Sufrirá?". Niegan con la cabeza mientras una médica le responde que procurarán que no, y le informa sobre los diversos cuidados paliativos que podrían aplicar a su debido momento.

✳✳✳

"Mamá, los médicos nos dijeron que desde mañana te quitan la sonda y el suero" dice mi hija sollozando nada más entrar. Escucho que sigue llorando incluso después de soltarme la mano y salir de la habitación unos minutos después de contármelo. Todos los días siguientes viene a verme junto con mi hermano, aunque no les dejan entrar juntos por "el bicho". En una de esas ocasiones vino el novio de mi hija al hospital concertado, aunque no quiso subir hasta la habitación para no quitarles tiempo de visita. A diario solicito, ruego, que si me pueden dar agua y algo de comer. La lengua y el resto de la boca las tengo tan secas que pedir el agua se hace dificultoso y suelo toser tras ello. Desde que me reconectaron brevemente el suero me siento más adormilada que antes. Supongo que es que me están administrando algún calmante, algo para la tos o ambas cosas.

Ya ha pasado más de una semana desde que me sacaron la sonda y me quitaron el suero. Escucho a mi hija entrar en la habitación. Parece triste y cansada, seguramente de dormir mal. Se acerca a mi cama y me aprieta la mano, como los días anteriores. "Mamá, ¿me oyes?" repite varias veces mi hija tras una pausa. Intento decirle algo, pero lo único que logró articular suena más como un quejido, unos sonidos completamente ininteligibles. "Mi novio me dijo que si me entiendes, que me aprietes la mano dos veces. Mamá, si me escuchas, apriétame la mano dos veces. Dos veces, mamá". Aunque me siento mareada y confusa por tantos días sin que me den agua ni comida, consigo apretar su mano. Cuento mentalmente las veces: una y dos. Aprieto con la suficiente, y poca, fuerza que aún me queda. Noto como se le quiebra la voz y se le saltan las lágrimas al decirme que lo estaba haciendo bien. A mí también me saldrían lágrimas de los ojos, aunque mi cuerpo decide que ya nada de líquido pueda salir de mis ojos y desperdiciarse. Pasamos un tiempo con las manos entrelazadas, ella diciéndome cosas, hasta que se termina la hora de visitas. Se despide diciéndome que mañana vendría, como ha hecho cada día desde que estoy en este otro centro hospitalario.

Esa es la última vez que escucho la voz de mi hija. El día después siguen sin darme agua ni comida en el hospital concertado. No vuelvo a intentar pedir agua. Ya no me quedan fuerzas. Consigo rezar algo pese a mi estado de confusión mental. Ya será mediodía de un soleado día de agosto en Canarias, aunque parece como si un velo estuviera poniéndose lentamente sobre mis ojos, oscureciéndose el día. Lo último que siento es el calor de la luz solar que entra por el ventanal en la piel de mi cara.

Ana Laura Borges Casas

Y comieron perdices...

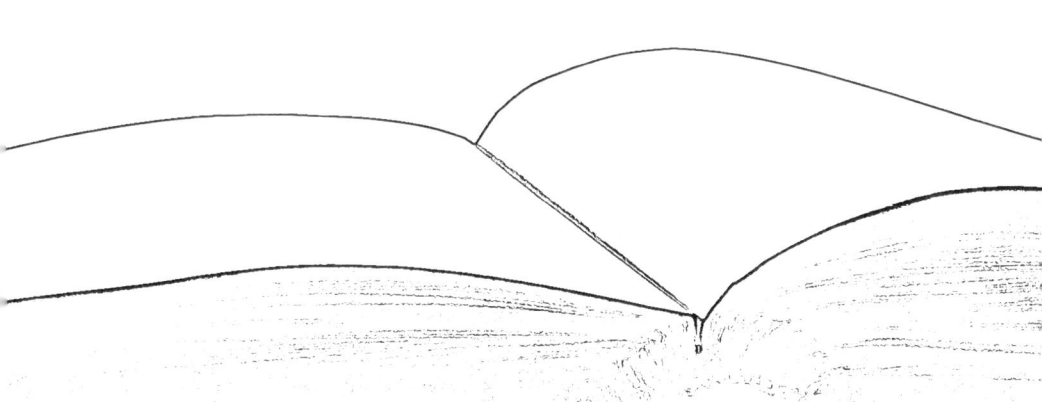

Y comieron perdices...

—¿Me permite contarle un cuento? Siempre me he considerado una buena narradora.

—Preguntó la señora con una dulce sonrisa en los labios.

—No tenemos tiempo para esto... —Me susurró mi compañero que empezaba a estar cansado.

—Adelante, me encantan los cuentos —La apremié yo, haciendo caso omiso a sus palabras.

—Como todos los cuentos, debería empezar por el principio...

Cuando lo conocí supe que lo haría. No me pregunten cómo ni por qué lo supe, soy incapaz de contestarle a cualquiera de esas preguntas, solo puedo decirles que la primera vez que nuestros ojos se cruzaron a las 12:35 p.m. en esa cafetería del centro de Triana supe que lo haría. Fue como si el contacto con sus pupilas desencadenara en mí una serie de recuerdos de una vida que aún no había vivido, o que al menos yo no recordaba. Al verlo experimenté una especie de déjà vu de mal gusto que rezaba "PELIGRO" en mayúsculas y escrito en rojo, un mensaje claro, conciso y directo, que pretendía evitarme muchos problemas, pero que como cualquier ciega que no quiere ver, ignoré. Y cuando él me vio a mí también, echándole sal en vez de azúcar a mi café, por no poder apartar mis ojos de los suyos; y una de las comisuras de sus labios se levantó casi de manera mecánica, como si estuviera tan acostumbrado a sonreír que su cuerpo ya lo hacía por impulso; actué como la niña ingenua que aún sigo siendo y pulsé el botón rojo que mi madre me había advertido tantas veces que no tocara, y le devolví la sonrisa. Y, aunque lo sabía, porque es que ya lo sabía, en ese momento me convertí en el muerto que cambia su propia tumba y él en mi sentencia de muerte. A partir de ese momento, todo pasó muy rápido, tan rápido que soy incapaz de recordar a ciencia cierta en qué orden ocurrieron los sucesos, pero en ese momento no me importaba.

Él se sentó en mi mesa sin necesitar invitación y me invitó a un café un poco menos salado. No pudeevitar reírme mientras aceptaba como una idiota, embobada por la especie de atracción inherente que ejercía hacia mi persona. El sentido del humor siempre fue una de sus cualidades, o, a lo mejor, era yo que me reía de sus chistes malos con tal de que siguiera contándomelos.

Sin apenas darme cuenta, empecé a salir todos los días media hora antes de la oficina donde hacía mis prácticas para ir a esa cafetería que ahora se había convertido en mi favorita, y él, que trabaja a más de media hora, empezó a coger el metro para ir a almorzar con la "chica más hermosa y con peor gusto por el café que había conocido en su vida." La verdad es que tenía razón, no en lo de mi belleza, una no puede decirse a una misma guapa que es, resultaría de mal gusto; hablo de que el café en esa cafetería estaba malísimo, lo descubrí el día en el que lo conocí, pero seguí pidiéndome un cortado con mucha leche a diario con tal de oírle a él decir lo guapa que estaba esa mañana.

A la semana siguiente, apareció con un ferrari en la puerta de las oficinas, tocando la pita como un padre de 50 años al que un atasco lo separa del partido de fútbol que empieza dentro de media hora. "¿Puedes salir antes? Tengo una sorpresa", me preguntó con ojos de nunca haber roto un plato, cuando lo más probable es que le rompiera toda la vajilla a su madre cuando era pequeño. Y yo, que amaba las sorpresas tanto como lo estaba empezando a amar a él y que odiaba un trabajo en el que no me valoraban ni la mitad de lo que yo creía que él me valoraba, no pude decirle que no. Al día siguiente, volvió a recogerme, y al siguiente, y al siguiente, y al siguiente; siempre un poco antes de que mi turno terminara; y cuando una mañana me atrapó con sus sábanas de terciopelo y me pidió que ese día no fuera a trabajar, que total, ahí nadie me quería como él, tampoco pude decirle que no. Mi jefe tampoco pudo negarse a las reiteradas peticiones de mis compañeros de alejarme de mi puesto, ese al que no le estaba prestando atención, y tras tres meses de faltas sin justificar y alguna baja por una enfermedad inexistente, me vi de patitas en la calle. "Esto es una gran oportunidad, nena. Ellos no te apreciaban como yo. Estaremos mejor sin ellos", me consoló con una sonrisa mientras me secaba las lágrimas, y yo le creí. Una hora después me estaba mudando a la casa que se convertiría en la prisión por el resto de mi vida.

—¿Habla de esta casa? —La corté al relacionar sus palabras con la realidad, mirando a mi alrededor.

—Puede que sí, puede que no, al fin y al cabo, esto es solo un cuento ¿no? —Mi compañero suspiró de manera exagerada y agarró otro trozo del pastel, mientras la interlocutora sonrió y volvió a ensimismarse en la historia.

La casa la había heredado de sus padres, una pareja de abogados que habían labrado una pequeña fortuna cuando eran jóvenes, lo suficientemente grande como para dejarle a su único hijo en herencia cuatro paredes que para mí, que siempre había vivido en un barrio de clase media a las afueras de la ciudad, parecía más bien una mansión. Sin embargo, me gustaba, era una casa alejada de la ciudad, pero con la suficiente tranquilidad, privacidad y soledad que necesitaba una pareja de enamorados. "Aquí podemos criar y ver crecer a nuestros 7 hijos", me susurró besándome en el porche, y yo, que nunca había considerado tener hijos, lo vi como una buena idea.

El día que conseguí un puesto en una pequeña pastelería de la zona sentí que no podía con mi propia alegría. Él me invitó a cenar en esa cafetería en la que nos habíamos conocido con la excusa de celebrar mi nuevo contrato. Esa misma noche, se arrodilló en frente de todos los comensales y me colocó un pedrusco cuyo peso no podía mantener mi dedo anular; y yo, que ya me creía afortunada, me sentí la mujer más feliz del mundo, o más bien, la mujer del hombre más feliz del mundo, o al menos, eso me había dicho él. Nos casamos un mes después, fue una boda íntima que celebramos en la iglesia de nuestra zona, atendida por el cura que llevaba en el mismo puesto hacía más de un quinquenio. Yo no era cristiana, pero sabía que mi futuro marido creía en Dios, y yo creía en él más que en nadie.

Cuando empezaron los gritos, comencé a rezar todas las noches. Rezaba porque pararan, rezaba por no tener que dormir sola esa noche, rezaba para que los vecinos no nos escucharan, rezaba porque cada grito no viniera acompañado de un golpe en la puerta de nuestra habitación, rezaba para que su puño no atravesara la puerta, rezaba por no convertirme yo en esa puerta. Rezaba por quedarme embarazada. Le prometí que tendríamos un hijo, le prometí que seríamos padres y él me prometió que cuando el bebé naciera todo mejoraría, él mejoraría. Yo no sabía cómo un niño podía arreglar algo que ya estaba roto, pero yo le creí.

"¿Cómo es que todavía no te has quedado embarazada? ¿No quieres que seamos padres? Si no pasaras tanto tiempo trabajando y estuviéramos más tiempo juntos, ya habría un bebé en esta casa." Eran sus frases favoritas, las que me gritaba después de cada nuevo test de embarazo negativo y después de que me negara a intentar nuevamente quedarme embarazada cuando claramente mi cuerpo se negaba a ello. Quizá la culpa no era mía, quizá simplemente no estábamos destinados a ser padres, tal vez la culpa era de él. No, eso ni pensarlo, él nunca tenía la culpa de absolutamente nada. La culpa tenía que ser mía, solo mía, así que dejé mi trabajo.

Sin embargo, me quedé embarazada. Tras diez intentos fallidos, tres abortos que mantuve en secreto y visitas al ginecólogo, con el que, por cierto, mi marido creía que ligaba, me quedé embarazada. Mi hija nació ocho meses después, un mes antes de lo esperado, para eso no nos hizo esperar, y a los gritos de mi marido, se sumaron los lloros de mi bebé, a la que él no sabía cómo acallar. Quería a mi hija, no me malentiendan, ¿qué clase de madre sería si no lo hiciera?, pero ese no era mi sueño, o al menos el que había tenido hasta antes de conocerlo a él.

El primer día de colegio de mi hija por fin se hizo el silencio. El primer día de colegio de mi hija fui yo la que rompí el silencio, con gritos y sollozos como los que había estado escuchando durante años. La primera vez que mi hija no estuvo en casa, mi marido me levantó la mano por primera vez.

Se oía el ruido de los coches fuera, comandados por conductores apresurados que no tenían tiempo para darse cuenta de que tras la ventanilla de su coche, había más mundo, uno que se estaba haciendo añicos. En la radio sonaba «When we were young» de Adele y, aunque era una balada romántica, tirada en el suelo del salón, viendo como la tierra seguía girando mientras yo no podía moverme, la sentí la canción más triste del universo. Mi corazón galopaba como un caballo salvaje, asustado, frenético, exhausto, al mismo ritmo que sus puños; y el eco de sus gritos, que por alguna extraña razón le parecían muy lejanos al pitido de mis oídos por los que salía un hilo de sangre, me recordaban que no intentara levantarme, o sería peor. Como si tan solo pudiera levantarme cuando ya estaba en lo más hondo. Hace mucho me había caído y la pura verdad era que, tras muchos años sin querer ponerme de pie, había olvidado que podía hacerlo. Así que simplemente me quedé allí, tirada en el suelo, tiritando y no por el frío, mientras sollozaba y sentía que me ahogaba con la saliva que se empezaba a acumular en mi garganta agotada, sin fuerzas para seguir gritando, sin ganas de seguir luchando.

—Señora, ¿está usted bien? —Preguntó mi compañero, mientras yo le tendía a la mujer con surcos de lágrimas que nacían de sus ojeras hinchadas, una caja de pañuelos. Ella simplemente asintió y prosiguió con el relato que cada vez se volvía más lúgubre.

Cuando me negué a tener otro hijo, supe por qué no le había dado nunca un "no" por respuesta antes. Siempre había pensado que era por amor, pero en realidad era el miedo lo que me frenaba. Sin embargo, me quedé embarazada otra vez, mientras miraba el techo de nuestra propia habitación, tirada sobre nuestro colchón y rezando mentalmente para que aquello terminara lo antes posible. Me quedé lo más inmóvil y callada posible, ni siquiera me permití derramar una lágrima, y no lo hice porque temiera que él se percatara de mi presencia, él era muy consciente de que yo estaba allí, de que yo no quería y de lo que él estaba haciendo. No me atreví a moverme por si era yo la que recordaba lo que estaba pasando. ¿Conocéis el cuento de Pinocho? Ese en el que una marioneta de madera sueña con ser un niño de verdad, lleno de emociones, de sentimientos, y vivo. Pues yo quería ser Pinocho, pero al principio de la historia. Cuando concebimos nuestro segundo hijo, debería haberme sentido como una marioneta, que él usó a su antojo para hacer realidad sus sueños. No obstante, fui consciente de mi propia humanidad, cuando con cada roce de sus ásperas manos, con cada aliento sobre mi cuello, con cada susurro lleno de promesas que nunca había cumplido, me sentí cada vez más muerta. Ojalá hubiera sido una marioneta. Ojalá no hubiera sentido lo que sentí. Ojalá no hubiera estado viva para ese momento. Ojalá no hubiera estado tan muerta por dentro. Ojalá no recordara lo que todavía hoy recuerdo. Tal vez si hubiera sido Pinocho, hoy no estaríamos aquí. "Vas a tener un hermanito", le anunció a nuestra hija una semana después y yo corrí inmediatamente a vomitar al baño y no precisamente por el embarazo que había aparecido por un mal truco de magia.

Tuvimos un niño, un niño con unos preciosos ojos iguales a los de su padre, iguales a aquellos que me enamoraron a primera vista en la cafetería que no visitábamos hace años porque yo ya ni siquiera salía de casa. Un niño que todos decían que era igual que su padre, provocándome arcadas y escalofríos ante la más mínima sospecha de que sus palabras fueran ciertas. Mi familia estaba feliz, su hermanita estaba feliz, mi marido estaba feliz... Entonces, ¿por qué yo no lo estaba? Dicen que los ojos son el espejo del alma y cuando yo me asomaba, las pocas veces que conseguía reunir la valentía suficiente para hacerlo, a ver las pupilas cristalinas de mi recién nacido, solo podía ver el reflejo de alguien que hacía mucho tiempo que no tenía alma. No puedes querer a alguien que desconoces, no puedes amar a alguien que representa tu mayor pesadilla hecha realidad, no puedes amar a alguien inocente que, a pesar de no tener la culpa de nada, te ha hecho tanto daño.

Su primer cumpleaños llegó antes de lo esperado y, a pesar de que aún no me acostumbraba a la presencia que me había robado una vida que ya no me pertenecía, decidí organizarle una fiesta por todo lo alto. No lo hice por todos los vecinos que invadirían nuestra casa, no lo hice por guardar las apariencias, ni siquiera lo hice por evitar las preocupaciones de mi familia a la que hacía demasiado tiempo que no llamaba. No lo hice por ninguno de ellos, ni siquiera por mis hijos que comerían tarta con las manos, manchándose toda la ropa que luego lavaría yo. Lo hice simplemente por mí, por si por algún golpe de suerte, llegaba a recuperar la fe que tenía cuando tenía 23 años y lo conocí y me creía ese cuento de hadas que me habían vendido a través de una portada falsa, que escondía muchas páginas arrancadas. Pero no funcionó. Los cuentos solo son eso, cuentos, como los que le leía a mi hija cada noche con tal de tener una excusa para volver más tarde a nuestra habitación; y, aunque ya yo lo sabía, aún así me extrañé cuando, pillé a mi marido en ese cuarto que tanto evitaba, en esa cama que tanto odiaba, con la vecina de al lado, más joven y guapa, a la que le susurraba con un tono de voz que ya creía haber olvidado: "Eres la mujer más hermosa que he conocido en mi vida." Y yo, que hace mucho que no me veía al espejo por miedo a ver un reflejo que ya no reconocía, que no me pertenecía, cerré la puerta y me fui a la cocina a preparar el mejor pastel de cumpleaños, el que mi familia de cuento se merecía.

—¿Y que pasó en el cumpleaños? —Le inquirió mi compañero con tono acusatorio, pues se estaba acercando al punto que habíamos estado esperando desde el comienzo del relato.

—Todo fue perfecto. Todos sonreían, pero la sonrisa más brillante era la de la que empezó siendo la protagonista y por fin veía su sueño hecho realidad.

—Entonces, ¿consiguió creerse el cuento?

—Oh no, querida, claro que no. Los cuentos no son más que falacias. —Admitió tranquila, con una sonrisa tan grande como la que acaba de describir.

—Pero, estaba feliz, ¿no es así?

—Claro que lo estaba, por fin había conseguido eso que tanto tiempo llevaba deseando. —Su sonrisa parecía sempiterna, pero sus pupilas midriáticas parecían las de un cadáver.

—¿Y qué fue lo que logró? —Inquirí confusa, habiendo perdido el hilo de la historia.

—Pero no le des cuerda, estaba a punto de confesar... —Susurró el policía a mi derecha, al que el tema de los interrogatorios lo sacaba de sus casillas.

Se miró al espejo. —Soltó como si fuera lo más normal del mundo. —Y comprobó que llevaba muerta hace mucho tiempo.

—Tal y como había estado deseando desde que descubrió la verdadera identidad de él... —Aclaré yo por ella y su sonrisa no hizo más que ensancharse.

—Pero, eso no puede ser todo. ¿Cuál es la moraleja del cuento?

—La moraleja es que a veces el príncipe puede ser también el cazador.

—Al grano, señora Nieves, sea clara. ¿Está usted admitiendo que él los asesinó? —Me interrumpió el comandante antes de que pueda decir nada.

—Llámeme solo Blanca, por favor, Nieves era mi apellido de casada —Lo corrigió la mujer.

—Bien, Blanca, ¿confirma usted que su marido cometió el asesinato múltiple?

Sabía que lo haría. Ella sabía que lo haría cuando lo miró a los ojos por primera vez, pero, aun así, cuando se vio en el espejo, tocándose el pecho con la palma de su mano, se sorprendió al ver en su reflejo un cadáver, una especie de muerto viviente sin nada que latiera dentro de su pecho. —Finalizó por fin su relato, haciendo caso omiso a la pregunta del policía.

—Sí o no. Solo necesito una respuesta. —Insistió mientras la vena de su cuello empezaba a palpitar.

—Si se refiere usted a si el príncipe fue culpable de coger el puñal con el que siempre la había abrazado por la espalda para arrancarle el corazón de su pecho y privarle de los latidos que él mismo provocó en un primer momento, la respuesta es "Sí".

—¿Puñal? En la escena del crimen no se encontró ningún arma blanca —Comenté yo, mientras rebuscaba en los informes del caso, confusa.

—Porque aún no hemos encontrado el arma —Me retiró los informes, nervioso y volvió a fijar su vista en la mujer —Entonces, ¿su marido mató a los invitados de la fiesta y luego se suicidó para ocultarlo?

—La interrogada simplemente se limitó a asentir y mi compañero que tras todo el monólogo se había percatado de que con esa mujer no iba a llegar a ningún lado, cerró el informe, consciente de que iría a parar a otra lista de casos sin resolver.

—Pero ¿cómo lo hizo? No había armas ni indicios de violencia. Esto no tiene sentido —Exclamé ofuscada, intentando conectar las piezas incoherentes de un puzle incompleto.

—¿Tiene alguna pregunta más? —Preguntó por primera vez la señora Nieves, dirigiéndose directamente a él.

—No, por lo que veo aquí no vamos a llegar a ningún lado. Puede irse. —Sin dedicarle ni un minuto más de su tiempo, le indicó con su mano que se fuera, como si su sola presencia lo perturbara —Una última pregunta. —La detuvo cuando estaba a punto de salir por la puerta. —¿Este pastel lleva almendras?

—Sí, almendras amargas, a mi marido le encantaban. - Dijo con una radiante sonrisa y abrió la puerta, mientras su vista se posaba por última vez en el único trozo de tarta que quedaba en el plato.

Y entonces lo recordé: *Era inevitable: el olor de las almendras amargas le recordaba siempre el destino de los amores contrariados.* La primera frase del famoso libro de García Márquez inundó mi cerebro y caí en la cuenta de por qué en la fiesta no encontraron ni arma del crimen, ni sangre, ni huellas y ni siquiera un culpable, y, sobre todo, por qué hubo una única superviviente de ese cumpleaños desastroso que acabó en una masacre.

—La moraleja es que Blancanieves también puede convertirse en la bruja si no recibe un beso. —Susurré mientras veía cómo la piel del agente Martínez empezaba a tornarse del mismo color que la sangre azul del príncipe. Ya no quedaba nadie en la comisaría y el último trozo del pastel de manzanas envenenado con cianuro se estaba digiriendo en mi estómago.

Autorías

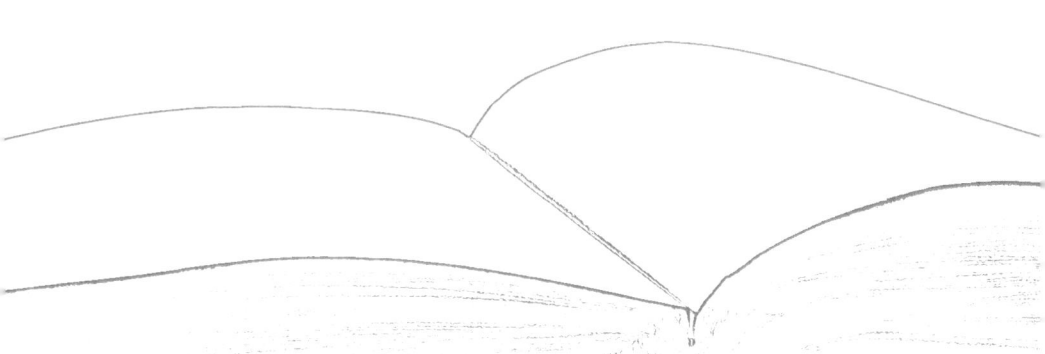

Autorías

ALBERTO JOSÉ FLEITAS RODRÍGUEZ
Primer premio

Alberto José Fleitas Rodríguez Nació en Gran Canaria en 1995. Obtuvo el Grado en Lenguas Modernas (inglés-francés) en el 2017 por la ULPGC. Tras ello, realizó un máster de dos años en Didáctica de idiomas con especialización en lengua francesa por la Universidad de Estrasburgo.

Una vez finalizado este primer máster, en 2019, inició su carrera como docente-coordinador de clases de acogida a discentes en situación de fragilidad lingüística y de exclusión en la secundaria francesa, también en Estrasburgo, compaginando esta actividad profesional con un segundo máster en Estudios franceses y francófonos por la UNED.

Desde septiembre del 2021 trabaja como docente de español lengua extranjera en la Universidad de Tours, en la Facultad de Lenguas y letras, y ha comenzado este mismo año los estudios de doctorado a distancia gracias al programa DELLCOS de la ULPGC, donde realiza una tesis en literatura bajo la dirección de Jorge Juan Vega y Vega.

En cuanto a su actividad literaria, desarrollada siempre en paralelo a mis estudios, ha sido galardonado con los siguientes premios:

— Segundo premio de Narrativa Corta Hermanos Millares Cubas en 2014, organizado por el Consejo Social de la ULPGC.

— Primer premio de Narrativa Corta Hermanos Millares Cubas en 2015, organizado por el Consejo Social de la ULPGC.

— Segundo Premio de Relato Corto Sobre la Vida Universitaria en 2017, organizado por la Biblioteca de la ULPGC.

— Accésit segundo puesto en el Premio de relato corto "Rescatando la memoria" en 2018, organizado por el Ayuntamiento de Arucas.

ELENA PROIETTI

Segundo premio

Elena Proietti es Doctora en Derecho Público Comparado, con especialización en Derecho Administrativo Europeo del Medio Ambiente, en la Universidad La Sapienza de Roma, trabaja actualmente como Doctora Investigadora del Grupo de investigación Turismo, Ordenación del Territorio y Medio Ambiente (TOTMA), que se integra dentro del Instituto Universitario ECOAQUA de la Universidad de Las Palmas de Gran Canaria (ULPGC).

Los temas principales de su investigación son: los Derechos Humanos y el desarrollo de las energías renovables, la protección de la biodiversidad terrestre y marina, la protección jurídica del patrimonio cultural subacuático y el desarrollo de la acuicultura sostenible.

En el año 2019 trabaja en la Facultad de Ciencias Jurídicas de la Universidad de Las Palmas de Gran Canaria como Doctora-investigadora del «Proyecto MarSp» y del «Proyecto Desmontando la economía colaborativa» del Grupo TOTMA.

Colaboró durante tres años con la revista Giustamm.it en la redacción de los Observatorios de Sanidad y Medioambiente.

Actualmente, con el grupo TOTMA y el Instituto ECOAQUA, forma parte del grupo de trabajo del proyecto «CAPonLITTER», proyecto sobre la sostenibilidad medioambiental del mar y sus posibilidades de restauración y del proyecto «De la economía colaborativa al turismo sostenible: Nuevos retos del turismo canario».

Sus principales pasiones son la escritura, el piano y el mar.

YLERMI CABRERA LEÓN

Primer accésit

Ylermi Cabrera León (Las Palmas de Gran Canaria, España) es Ingeniero en Informática por la Universidad de Las Palmas de Gran Canaria (ULPGC). Actualmente es estudiante del Programa de Doctorado en Empresa, Internet y Tecnologías de las Comunicaciones (EmITIC) en la ULPGC. Su tesis está relacionada con el diagnóstico de la Enfermedad de Alzheimer mediante Inteligencia Artificial.

ANA LAURA BORGES CASAS

Tercer accésit

Ana Laura Borges Casas es estudiante de primer curso del Grado en Medicina en la Facultad de Ciencias de la Salud de la ULPGC. A pesar de que sus estudios están concentrados en el ámbito sanitario, desde pequeña ha sentido una gran pasión por leer y escribir y lleva escribiendo tanto historias como poemas desde muy pronta edad.

En su relato, "Y comieron perdices...", la autora, presentada bajo el seudónimo Laucy, se vale de los cuentos que todos hemos leído desde niños como metáfora de la violencia de género que sufren actualmente las mujeres de nuestra sociedad con el objetivo de mostrarnos que a veces los príncipes no son tan buenos ni las villanas tan malas, porque todo depende de la verdad que se esconde detrás de cada cuento y del espejo que uses para mirar tu reflejo. Con este nos quiere mostrar que las historias de amor no siempre son bonitas y que no todas tienen un final feliz.

FT-2

Unión de Editoriales
Universitarias Españolas
www.une.es

Esta editorial es miembro de
la UNE, lo que garantiza la
difusión y comercialización
de sus publicaciones a nivel
nacional e internacional